歌集

秋のひかり

沼沢修

現代短歌社

歌集　秋のひかり＊目次

歌集　秋のひかり

沼沢　修

一　二〇一〇年

すすきの穂波

亡き父の面かげたちぬひぐらしの声沁みわたる夕映えのなか

掛け合いを楽しむごとく瑠璃鳥の相呼ぶ声は森にひびかう

帰り来る息子を待ちて好物の黒豆を煮る厨《くりや》の妻は

山の辺の道に吹く風秋づきて匂える葛の花を散らせり

北上の岸辺にさす陽やわらぎてほそきすすきの穂波たつ見ゆ

北上川

母生《あ》れて三万日を寿《ことほ》ぎぬ天童の湯にまごこ集いて
山形県　天童温泉

草取りて紛らわせしかわが母は孫が帰りし後のさびしさ

川の瀬にうろこ光らせ鮭の群《むれ》　いのちのかぎりのぼり来る見ゆ
広瀬川

蒼く澄む湖《うみ》の吐息を聞きたくて秋のなぎさに指をひたせり

秋田県　田沢湖

夕映えに乳頭山は膚染めて秋の終わりのかがやきを見す

音たてて山の胡桃に降るしぐれ旅の湯宿に聞けばさびしも

出生の届けは春を待ちしとう次年子《じねんご》という豪雪の里
山形県大石田町

電話口にわが十歳の思い出を語る恩師の声ぞ尊き
小学校恩師　森ヨシ子先生

父逝きてさびしきこころ包むがにふる里に雪しんしんと降る

二　二〇一一年

万余のいのち

津波来て万余のいのち逝きし夜の月むごきまで被災地照らせり

三月十一日東日本大震災

蠟燭の煤にセーター黒ずめる妻と黙してラジオ聴きおり

うららかに鳴くうぐいすの声消して救命ヘリは頭上とどろく

まんさくの花咲きており間をおきて余震の襲う暗がりのなか

四日待ちし電気の来たるよろこびに妻と娘は声をあげたり

原発の不安を煽るデマとびてマスク、手袋つけて出社す

九本のガスボンベ集めふるさとの兄は我が家を訪ね来れり

ガソリンを求めてならぶ自動車のひとつとなりて四時間を待つ

通勤の五キロの道を歩きつつ歌ひとつ詠みこころ鎮めり

ことごとく津波に逝きし人の名をアナウンサーは声ひくく告ぐ

セシウムのゆくえも知らず福島の川浪くぐる鮎いとおしき

石巻に刻みし若き思い出は津波襲えど消えざるものを

二十日余を風呂に入れぬ日の続きいで湯に足を伸ばす夢見き

嫁となる人を息子は連れて来ぬさくら若葉の木洩れ日の中

三　二〇一二年

祝婚歌

息子らの帰りし後のさびしさに妻は掃除す夜の更けるまで

ふるさとに向かう車窓に白銀《しろがね》の月山みればこころ躍るも

ＪＲ奥羽本線

ふるさとに小さくなりしわが母は雪に濡れつつ吾《わ》を待ちたまう

ふるさとに春の風ふき片栗のうすむらさきの花を揺らしむ

傘さして帰る息子をわが母は二階の窓より見つめて居たり

雪ほそる津軽の山を包めるはいまだ明るき春の残照

青森県　岩木山

相席の佳人に林檎もらいたり一期一会の津軽の旅に

ＪＲ五能線

転出者の名前を入れて歌を詠む会社勤めの一芸として

うら若き二人の名入れ祝婚の短歌を詠まん父なるわれは

ふたりしてあゆめこのみちえいえんに愛する人を信じつつゆけ

婚礼の孫の手ながく握りしめ涙うかべぬ故郷の母は

妻の焼く青ししとうの香りたちゆたけき朝の食卓につく

やわらかき新玉葱を刻むときするどく春のかおりたちたり

雨あがり楽しくもあるか百鳥《ももどり》の鳴く声ごえは森にどよもす

夏のかぜ最上川より届き来て「逆白波《さかしらなみ》」の歌碑をなでゆく
山形県大石田町

箱根路の客に見しむとあじさいは登山電車の窓迫り来る
神奈川県　箱根登山鉄道

夏のあめあがりし町の夕ぐれにほのかに匂うさるすべりの花

みちのくの潟沼《かたぬま》のみず蒼く澄み秋の雲ゆく空を映せり

宮城県大崎市鳴子

同僚と会社人事を肴にし酒酌むこともあと幾たびか

接待の美酒も親しき友と酌む自腹の酒に敵《かな》わぬものを

四　二〇一三年

二十二世紀

雪はれて円かなる月照り透る函館湾の冬のしずけさ

北海道函館市

昨夜《よべ》の雨止みし蔵王の朝明けに雲海紅く染まりゆく見ゆ

足腰の弱りし母は日日歩き孫の挙式にそなえて居たり

とりとめのなき話して和みおり嫁ぐ日ちかき娘と妻は

むらさきに灯るランプのかたちしてほたるぶくろは梅雨空に咲く

天《て》塩川《しおがわ》ながるる国の霧ふかく茂吉の歌碑を濡らしていたり

北海道中川町

志《し》文内《ぶんない》に茂吉の詠みし蕗のうた口ずさみつつ妻と旅ゆく

北海道に薄荷《はっか》畑の葉をもめば五十の茂吉の旅の香のする

菊模様のアンモナイトに触れる手に白亜紀の海遠く染み来る

中川町エコミュージアムセンター

さわさわと鮎のひれ音瀬にたちて釣り糸光る夏小国川

山形県舟形町

風立ちてうす紅《くれない》の萩の花さやかに匂う毛越寺《もうつうじ》の庭

岩手県平泉町

秋の野に咲く竜胆《りんどう》のむらさきの花ゆらし吹く風のさやけさ

福島県　吾妻山浄土平

雪ちかき天塩《てしお》川べの朝あけに霧あかあかとながれゆく見ゆ

斎藤茂吉記念中川町短歌フェスティバル

宗谷線ひとりゆくとき大雪《だいせつ》の山の初雪かがやける見ゆ

ＪＲ宗谷本線

泣きじゃくる生《あ》れて五日のわが孫よすこやかに見よ二十二世紀を

あかあかと灯《ひ》ともるごとく柿熟れて茂吉の里にしぐれ降り来る

山形県上山市金瓶

三味線の音に目がしら熱くして吹雪く津軽の酔客となる

青森県弘前市

五　二〇一四年

節分の夜

三人の子らは巣立ちてしずかなる節分の夜に妻と豆まく

むごきまで安達太良《あだたら》の雪うつくしきほんとの空を汚すなかれと

ＪＲ東北本線

母となる娘と庭に憩うとき　ほのかに匂う花桃の花

上山《かみのやま》の城にさくらの咲きみちて茂吉の歌碑は花あかりせり

大津波ひくとき底を見せしとう乱曝谷《らんぼうや》の波森に響《どよ》もす

岩手県大船渡市

図書館に梅雨のひと日をこもり居て茂吉の旅の歌にしたしむ

高原《たかはら》にれんげつつじの花ゆれて蔵王の峰は雲ひとつなし

臨終の赤彦の口うるおしし茂吉を想う諏訪の湖辺《うみべ》に

長野県下諏訪町　島木赤彦住居柿蔭山房

遺伝子は時空を越えてここにあり我が祖父に似る孫の耳たぶ

十九世紀生まれの祖父を知るわれの孫は見るらん二十二世紀

尾花沢の花笠踊る祭り果て蕎麦咲く畑に秋のかぜ吹く

山形県尾花沢市

産み終えてわが子を抱《いだ》く娘の目きよらかにつよし今日からは母

母となりし娘と妻はあたらしき楽章に入る会話はずみて

みどり児のわが孫を抱くよろこびは未来を照らす光のごとし

還暦となりて見え来る景色あり鈍行列車の旅の車窓に

ＪＲ陸羽西線

秋彼岸の夕日に染まる宍道湖《しんじこ》にわが還暦の旅ごころ満つ

島根県松江市

群がりて鮭のぼり来る渡良瀬《わたらせ》の川の面にさすひかり寂《しず》けき

栃木県足利市

六　二〇一五年

実りのとき

耳順とう齢《よわい》となりて研ぎ澄ますフェイクか否か聴き分ける耳

障泥《あおり》烏賊《いか》食いてやすらぐ吾《わ》にしたたし唐津の冬の潮鳴りの音

佐賀県唐津市

雛飾る聴禽書屋《ちょうきんしょおく》のはなやぎて雪解しずくの落つる音する

山形県大石田町

雪ふぶく秋田に時を忘れおり藤田嗣治《つぐはる》の巨大絵の前

秋田県立美術館

退職の後の上司は妻なりと心を込めてコーヒー淹れぬ

春の海を覆う薄雲突き抜けて鳥海山は残雪を見す

山形県鶴岡市堅苔沢

さりげなく孫の話題を避けながら旧交温《あたた》むＯＢ会は

新庄の豪雪解けて城跡に鰊《かど》焼く祭りの酔客となる

山形県新庄市

母となりし娘に薔薇を贈られて華やぎ居たり母の日の妻

「氷糖《ひょうとう》」と茂吉の詠みしみちのくの鳥海山《ちょうかい》光る青田の彼方

山形県鮭川村

人の世の安らぎ祈る薬師寺の吉祥天女の眉うつくしき

仙台市博物館　東日本大震災復興祈念特別展

飯豊山の残雪ちかく光る見ゆカッコウ来鳴く長井の町に
山形県長井市

十一人の曾孫の名前口ずさみ脳トレをする米寿の母は

稲田わたる風に笛の音ながれ来て祭り近づく新庄の町

人生に実りのときがあれば今孫抱く我に木犀《もくせい》かおる

新そばの便りに心ときめかせ笹谷《ささや》峠を妻と越えゆく

宮城・山形県境

見つめれば眼《まなこ》をそらす秋田犬《あきたいぬ》秋田の人の純朴に似て

田沢湖畔

足利の秋の佳境を金に染め大銀杏ちる鑁阿寺《ばんなじ》の庭

栃木県足利市

暁を「湊が白む」と金瓶《かなかめ》の古老云いしと茂吉記せり

華やかにじょんがら節を響かせてしらかみ号は雪の野をゆく

ＪＲ五能線

七　二〇一六年

会いたい人

茂吉歌碑百五十基を巡りゆくその風光を吾《わ》も詠まんとて

牧水も晶子茂吉も憩いしか霧島に湧くいで湯ゆたけき

鹿児島県　霧島温泉

指宿《いぶすき》の砂湯に妻とあたたまるブーゲンビリアに雪ふる夜に

鹿児島県　指宿温泉

くぢら餅とち餅稲花《いが》餅宝歳《ほうさい》餅わが胃は恋いぬふるさとの味

北方の女《ひと》美しき夢二の絵なごり雪ふる酒田に出会う

山形県酒田市　竹下夢二美術館

北前船のなごりの雅《みやび》かおりたつ湊酒田の古き雛たち

熊避《よ》けの警笛鳴らし山走る米坂線に万緑芽吹く
　ＪＲ米坂線

サハリンを故郷とする医師のうた八月二十日の戦《おのの》きに満つ
　旧ソ連軍侵攻　故林宏匡氏

ひとときにけやき若葉のかがやきて往来《ゆきき》はなやぐ仙台の街

大学の旧友《とも》あつまりて痛飲すつばめ飛び交う伊香保の宿に
群馬県　伊香保温泉

海風に新茶のかおり交わりて茶市にぎわう彼杵《そのぎ》の町に
長崎県東彼杵町

太宰府の光明禅寺の青葉かぜ旅人われに涼やかに吹く

福岡県太宰府市

鮎躍る三隈《みくま》川ゆく日田の町ふるき家並に下駄の音する

大分県日田市

ひとときに瑞葉《みずは》ととのう十和田湖の森どよもしてハルゼミの鳴く

青森県　十和田湖

手遅れになる前したいことをせんたとえば会いたい人に会う旅

口紅く翁草の花あふれ咲く聴禽書屋《ちょうきんしょおく》に初夏のかぜ吹く

日課なる参拝すれば政党の祈禱の声す今日は公示日

大崎八幡宮

入日に染まる

許されることではないと詫びながら繰り返される世の不祥事は

都会《まち》に出て太郎も次郎も帰り来ず里に染み入るひぐらしの声

天竜川《てんりゅう》の波にもまれてゆくカヌーわが世渡りの姿にも似る

長野県高森町

みのり号の停車の合い間足湯する蟬しぐれふる鳴子の駅に

ＪＲ陸羽東線鳴子温泉駅

グローバルの波押し寄せて遠く恋う韓国の孫アメリカの孫

支笏湖《しこつこ》の森に朝霧たちこめて間近にやさしきヤマガラの声

北海道　支笏湖

みちのくの手ノ子駅はや秋づきて発車の風にすすき波立つ

ＪＲ米坂線手ノ子駅

栗拾うわれに怒りて猿の声するどく響く二口峠《ふたくちとうげ》

宮城・山形県境

秋祭りの流鏑馬《やぶさめ》終わりしずかなる社《やしろ》に馬の残り香のする

大崎八幡宮

いにしえの栄華のにおい漂わせ萩の花ちる毛越寺の庭

五能線に雪のふる頃さびしげな湯宿に地酒飲みたきものを

芭蕉なら何と詠みけん松島の雲間に出でしスーパームーン

畝傍《うねび》山の朝明け来れば神宮に遠き代のごと鳥のこえ澄む

奈良県　橿原神宮

波しぶきとどく湯崎の湯にひたる熊野古道の旅の終わりに

和歌山県　白浜温泉

あるだけの黄の葉落としてすがすがし幹あたたかき銀杏大樹は

日本海の入日に染まる羽越線貨物列車のながき音ゆく

JR羽越本線

みちのくの吹雪を纏うこまち号生《しょう》あるもののごとき貌《かお》せり

JR秋田新幹線

八　二〇一七年

雪の湯宿

語りべの岩手訛りのやさしくて民話にひたる雪の湯宿に

岩手県　網張温泉

旭川に遠く旅来て旧友《とも》と飲む苦楽を共にせし日語りて

北海道旭川市

拓殖医の兄を尊ぶ三百の茂吉書簡あり吹雪く北見に

北海道北見市

うす紅く雲間をとおる夕日かげ流氷ちかき海を照らせり

ＪＲ釧網本線

鹿避《よ》けの警笛鳴らし雪野ゆく車両ひとつの花咲線は

ＪＲ花咲線

山寺の山は霧氷につつまれて客なき冬のはなやぎを見す
山形市

一瞬に孫笑みかけるＬＩＮＥ《ライン》来るテネシー州は近く遠しも

都市に出て子らは帰らずふる里に古雛飾る春来たれども

イケメンで性格よくて浮気せぬ金持ち募集の絵馬にたじろぐ

いい人がいないと人はいい人にふさわしいかを自分に問わず

愚陀仏庵《ぐだぶつあん》へゆく道問えば伊予ことば春かぜのごと和みて親し

愛媛県松山市　夏目漱石、正岡子規住居跡

ふたたびは逢うことのなき花ふたつ分水嶺をためらいてゆく

山形県最上町堺田

納豆の夢を見ているとドイツから便り送りき若き茂吉は

かおりたつ花のかがやきかぎりなし群れ咲く薔薇に初夏の風あり

少女の心

花いくつ置かれた場所で咲かせたか転勤族の長き歳月

骨董の店に勲章売られおり壺より少し高き値付けて

少年の心となりて指吹けば岩手の森のカッコウとなる

祖母の忌のよみがえり来る郭公の高鳴く声を山に聴くとき

造成を逃れて来しかヤマカガシ狭庭の薔薇の花かげを這う

津波にて逝きし御霊か暮れなずむ浄土ケ浜《じょうどがはま》に鳴くひぐらしは

岩手県宮古市

ふるさとの若鮎の鰭《ひれ》きらめかせ峡《かい》ながれゆく夏小国川

単身赴任十三年を耐えました褒美に妻と旅をしてます

停車すれば旅人の笑む及位《のぞき》駅県境またぎ秋の風ふく

JR奥羽本線及位駅

みんみんの鳴く道ばたに吾《わ》を待てり郷里に母の生きている幸

訃報多き社友の会のメール閉じ秋めく街にジャズ聴きに行く

定禅寺ストリートジャズフェスティバル

なつかしき原田泰治の絵に出会う旧友《とも》を訪ねし諏訪湖の秋に

原田泰治美術館

企業戦士の悲哀に似るか篝火に鮎追う鵜らの頸締める縄

岐阜市　長良川

珊瑚婚に至る歳月語りゆく金木犀のかおりたつ道

秋草に鳴くこおろぎの翅《はね》ぬらす月の雫の小さきひかり

妻と来て山ぶどう買う道の駅嗅げば蔵王の秋かおりたつ

少年の心となりて木通《あけび》採る気づけば妻も少女のこころ

セピアの写真

二千五百の不明者おれど世は移りニュースは今日も津波に触れず

禁煙を茂吉は説けどそれだけは従わざりき弟子の佐太郎

歌人佐藤佐太郎

秋ふかみ芋煮る鍋の匂いたつ馬見ヶ崎川《まみがさきがわ》しらべやさしき

山形市

青池の青ふかく澄む木洩れ日に桂のもみじ落つる音する

青森県深浦町

恵比須様の笑顔やさしき佐賀の町福耳なでて妻と旅ゆく

佐賀市

三歳の女孫と笑う写真館一生《ひとよ》彩るひと日とならん

船頭のゆりかごのうたやさしくてどんこ舟ゆく柳川の秋

福岡県柳川市

孫ひ孫に祝われて笑む婦人居てロビー華やぐ旅のホテルに

福岡市　志賀島

残さずに脱脂粉乳飲みし頃われら明るきセピアの写真

まだ見えぬ紅葉の溪《たに》の轟きて車窓はなやぐ仙山線は

ＪＲ仙山線

軒に干す柿を濡らして降るしぐれいたくさびしき鶴岡の町

山形県鶴岡市

雪の降る町屋に鮭は吊るされて熱燗《あつかん》沁みる村上の旅
新潟県村上市

雪景色のおくのほそ道窓に見て芭蕉の知らぬ冬を旅ゆく
ＪＲ陸羽東線

朝日歌壇に友よ来たれと熱意込め短歌を詠みき老いし茂吉は

九　二〇一八年

母の一生

愛する人に受動の害を与えても止《や》められないか煙草吸う君

月山《がっさん》の雪膚照らし冴え冴えと睦月の天を月わたりゆく

ロシア語の標識多き根室ゆく海をへだてる島の雪見つ
北海道根室市

生活の糧にならねど振り向けば生きるかてにてありき短歌は

名残りとはかくのごときか退職後財布に残る名刺一枚

職分に勤しむ長き日日過ぎて自由楽しむ心の盛り

素のままのわれで居られるパートナー生きてこの世にいるという幸

享保雛の目のおくふかき光《てり》見つつ雪しずく聴く酒田の町に

球磨川《くまがわ》に春の霧湧く朝あけにヤマセミ来鳴く人吉の町
熊本県人吉市

巣立ったまま子らは帰らずこの春もさくら咲き満つ廃校の庭

芭蕉越えし猿羽根《さばね》峠のやまざくら残雪ほそる谿に散りゆく
山形県舟形町

羽生選手の笑顔かがやくパレードに若葉風ふく仙台の街
フィギュアスケート羽生結弦選手

肘折の四メートルの雪解けてコゴミ、ミズ、ウド香る朝市
山形県大蔵村　肘折温泉

新宿にて自然賛歌の絵に見入る四十二階のターナー展に
SOMPO美術館

河鹿鳴く声すきとおる広瀬川川瀬川瀬に五月のひかり

生まれ来て二度目に会えばはにかみてわれを見つめるアメリカの孫

われを産みし記憶は永久《とわ》に身にあらん臥すわが母の見つめ返す目

早苗田のさきに鳥海うつくしき死にゆく母の手にぎる窓辺

火葬場に母を焼く音しずかにて母の一生《ひとよ》を想う百分

おおむらさきの食樹でありし蝦夷《えぞ》榎《えのき》伐られてさびし故郷の寺

ひこうき雲

四世代同居の賑わい思い出づ蟬しぐれふるふる里の家

外国の客ににぎわう最上川四ヶ国語の舟唄がゆく

山形県　最上峡

女王陛下の名を持つ薔薇をベッドにしわが世楽しむバラゾウムシは

花名クイーンエリザベス

めっきりと降客減りて山寺の駅にいつしか秋の風ふく

ＪＲ仙山線山寺駅

六時間ひたすら待ちてフェリー乗る地震襲いし函館の旅

九月六日北海道胆振東部地震

黄に向かう稲田のかなた青くたつ鳥海山は秋の雲ひく

山形県　庄内平野

山形のかたちはモアイ像に似て一筆《ひとふで》書きの最上川ゆく

人生は定年からと仰ぎ見るひこうき雲の白きひとすじ

さらさらと砂すべりゆく砂時計あといかほどか可処分時間

作並の湯に語らいて和みおり子を持つ親となりし息子と
作並温泉

ここまでは人押し寄せず秋のかぜ臼杵《うすき》の石のみほとけに吹く
大分県臼杵市

卵かけご飯にしらすのせて食む別府の旅に知りしわが幸

大分県　別府温泉

むらさきに木通《あけび》は熟れてかおりたつわが白秋の深みゆくとき

山形県西川町

孫を抱く待ち受け画面見せて笑む仕事の鬼と呼ばれた男

逆白波の歌碑にさす陽のしずかにてやがて雪来ん最上川べに

初雪に白き山山かがやきて聴禽書屋《ちょうきんしょおく》に初冬のひかり

作者像の見えないうたはつまらぬと抉《えぐ》られて沁む評者の言葉

笹かまを贈れば丹波の芋とどきこころ行き交う師走となれり

厳寒に衝突の鹿かたづける特急宗谷の若き車掌は

ＪＲ宗谷本線

いくたびも雪の深さを聞きし母逝きてしずけしふる里の雪

十　二〇一九年

流氷の旅

百歳の歌友かがやく筆談に全歌集編む夢を書くとき

東北は詩人批評は関西と説きて逝きたり梅原猛

哲学者梅原猛氏逝去

目に見えぬ鎖のありて逃げられずスマホという名の手のひらの檻

母逝きてしみじみ思う吹雪く夜の納豆汁の手づくりの味

雪道に濡れつつわれを待ちし母想えば母がふる里なりき

ときとして母の言葉の浮かび来る在りし日よりも深くやさしく

百冊の本を読むより身に深し世に在りし日の母の言葉は

別《べ》寒《かん》辺《べ》牛《うし》の凍原をゆく花咲線ひとつ車両が霧に溶けゆく

北海道厚岸町

ときどきは行方不明の時を持つ流氷を見るひとりの旅に

オホーツク海

流氷のかたちは蓮の葉となりて遠く春めく知床岬

ＪＲ釧網本線

雪ふぶく防雪林に鹿見えて釧網線に詠み鉄となる

一生《ひとよ》とはないものねだりの歳月か得ればすぐ慣れなくて欲しがる

熊祭りのポスター貼る駅停車して米坂線の車窓春めく

JR米坂線小国駅

雪しずく聞く山間《やまあい》の駅の奥ゆきげ雲たつ飯豊《いいで》の山は

奇跡の時間

若者を吸い取るごとくこまち発つなごり雪ふる秋田の駅に

ＪＲ秋田駅

春の雲うごけば走る雲の影芽吹くけやきの並木染めつつ

仙台市　定禅寺通り

蕨《わらび》たたき、紫蘇《しそ》巻き、笹巻き忘れえずわれを育てし亡き母の味

春おそき霞城《かじょう》のさくらふぶくとき徐行して過ぐ仙山線は
山形市

上杉の遺風美味なり生け垣のうこぎを食す米沢の町
山形県米沢市

被災地に寄り添うはずが悲しませまた繰り返す失言撤回
大臣辞任

清張も古典となるかタバコ吸う場面ばかりの昭和遠しも
松本清張

歌ありて茂吉は鬱にならざりしと精神科医の茂太は述べき
茂吉長男斎藤茂太

みちのくの早苗田走る速き影楽しからずや旅のつばめは

風評にめげず育ちし海鞘《ほや》食めば女川《おながわ》湾の海かおりたつ

羚羊《かもしか》がときにのぞきに来るというみちのくの湯に初夏の風ふく

美しく咲くヤマフジに絡まれて苦しからずや動けぬ杉は

ボリューム上げ監視車がゆくさくらんぼ真っ赤に熟れる東根の町

山形県東根市

尊さに気がつかぬまま生きて知る健康という奇跡の時間

父母の墓参りして日ざかりに西瓜むさぼる生きてゆく吾《わ》は

西馬音内《にしもない》の亡者踊りの妖しくてこころ彷徨《さまよ》うかがり火の夜

秋田県羽後町

ふるさとに足遠のけば亡き母の声かもしれず夕ひぐらしは

命のバトン

まつり終わり豪華な山車《だし》も壊されて秋の風ふく新庄盆地

孤高とはかくのごときか夕ぐれて彩雲にたつ鳥海の山

秋はやき鳥海の山かおりたつ刈屋《かりや》の里の梨を食むとき

山形県酒田市

土門拳記念館にて出逢いたり日本人のかつての風貌

遥かなる命のバトンあたたかし生《あ》れて七日の孫を抱くとき

つながらぬ一人のときに安らぎて電源オフの秋を楽しむ

コンビニに薪は売られて広瀬川芋煮の会のけむりたつ見ゆ

顧客への不正悲しむ眼《まなこ》せり一円切手の前島密

晩翠の天地有情《うじょう》の碑を染めてひかり秋づく仙台の街
晩翠草堂

問われれば旅の詩人と答えたし肩書捨てしひとりの旅に

村上からつまみは鮭の酒びたし夕陽が沁みる特急いなほ
ＪＲ羽越本線

ひとたびも海見ずという曾祖母の穏やかに笑むセピアの遺影

祖父祖母になる道遠し子が親になること難《かた》き時代となりて

もみじ葉は山の線路に舞い落ちて今日も遅れる仙山線は

道草にすかんぽ吸いき教育に格差あることまだ知らぬ頃

フライングもスピード違反も自由にて格差広がる塾歴社会

できるなら性善説で生きたいが留守番電話は詐欺師への盾

十一　二〇二〇年

ウィルスの禍

折り合いをつけて勤めを乗り越えき歯車の吾《わ》と一人の自分

晩節を汚す人人増えゆくか百年生きる時代となりて

ゆく雲の自由を見ればこころ楽したとえわたしが雲でなくとも

語り部のみちのく訛りやさしくて亡き母想う津軽の旅に

ＪＲ五能線

一斉に雁飛び立てば音絶えて雪にしずもる冬最上川

サバンナに獲物を追いしヒトの眼の衰えゆくかスマホの時代

あの人はいい人だったと偲ぶ会いい人だけで終わりたくなし

スペイン風邪を病みていのちを愛《いと》しみし茂吉を想うウイルスの禍に

偶《たま》さかに「高1コース」に載りしこと遥かな歌の道の始まり

一緒ではない時間がともにゆたかにすヨガへ行く妻うたを詠むわれ

朝光《かげ》に芽吹く木原をふるわせて雉ひとつ鳴く春広瀬川

ひっそりとおきなぐさ咲く写真あり聴禽書屋《ちょうきんしょおく》の休館の記事

副詞では「わずかに」と訓《よ》む才の字の深き意味知る還暦過ぎて

みちのくの山ひとときにかがやきて白きこぶしの花のはにかみ

ひとけなき岸辺にマスクはずすとき河鹿鳴く瀬の風のさやけさ
広瀬川

選ばざりし岐路の行方をたずねれば雲はながれて跡をとどめず

プライバシーに触れてないかとさりげなく投稿歌見る歌詠まぬ妻は

早苗田に田植え上手の母想うふるさとに早や三回忌来て

コロナ禍に会食もせず別れゆくきょうだいだけの母の忌終えて

収穫はひとつにて足る花ひらく桔梗に出会う今日のいのちに

キャンパスの森

朝光《あさかげ》に青き実ひかる椽の木を小啄木鳥《こげら》のたたく音のさやけさ

暁に殻脱ぎすてし蟬ひとつ世に出るものの身ぶるいを見す

語り合う青春を見ずひっそりと蛇が横切るキャンパスの森

東北大学川内キャンパス

売れ残る西瓜ゆらして貨物車が峠越えゆく夕映えの中

宮城・山形県境　関山峠

出かかった言葉飲み込む癖いまだ身にあり長き勤めの名残り

憶良おらば何と詠みけん宝なる子ら虐待に死にゆく今を

山上憶良

半生を会社に捧げ社員章柩《ひつぎ》に入れて逝きし君かな

辞めてなお過去の役職つけて呼ぶさびしからずや男どうしは

空の青愛でても飯《めし》は食えないと父は拒みき文学部志望

みずからを重ねて親になりゆくか夜泣きする児をあやす娘は

あとに咲きさきに散りゆく花のかげしたたかに生く秋あじさいは

感染者なきふる里に駐車して視線感じる県外ナンバー

遠き日の祖父の面影よみがえる葬儀に会いし疎遠のいとこ

人生のどんでん返し見ることの増えしと思う今日の新聞

秋のひかり

欲しいものを手にすることが幸せと思いき会社勤めの頃は

営業の日日の夢みる「ロッキー」の曲はいまなお胸にながれて

棒グラフの伸びに捧げし若き日よ営業マンにも佳境はありて

歌ありて長き勤めを乗り越えき辞めて後なお詠むは楽しも

狸森《むじなもり》、猿羽根《さばね》峠に鼠沢《ねずみざわ》もみじうつくしみちのくは秋

ＧｏＴｏといえどここまで人は来ずしぐれ虹たつ　狐越《きつねごえ》街道

山形県白鷹町

羽根ひろげ秋のひかりに落つるときおのずから光《て》る科《しな》の木の実は

岩手県　網張温泉

初雪の岩手の山を語るとき詩人となれり盛岡人《びと》は

秋ふかみケヤキ並木の落ち葉して詩人が増える仙台の街

末枯れ来し猿羽根峠に虹たちて雪もまぢかきふる里の町

白鳥の群れ見つつゆく羽越線マスクの客の沈黙乗せて

語り部はフェースシールドの津軽弁　マスク客和ぐしらかみ号は

またですかと口を押えて政治家の失言笑う言わザルの目は

経済を回すに都合よき人かセールストークの「おひとりさま」は

十二　二〇二一年

鱈汁

四十年会わねど癖字なつかしき賀状の彼は青年のまま

神さまの使者でありしか若き日にわれをきびしく鍛えし人ら

きまじめな社員に似るか冬川にあつまる鴨は群れを乱さず

吹雪く夜に鱈汁すするしあわせをしみじみ言いし庄内人《びと》は

苦も楽もともに重ねる歳月がはぐくみゆくか運命《さだめ》の人に

若き日の十日に値するという今日を味わう歌詠みわれは

平成の三四郎逝くやさしくて母に病を告げることなく

故古賀稔彦氏

みちのくの童となりて春の野にふきのとう採るわれとわが妻

春になれば線路づたいに来るという羚羊《かもしか》に会う朝の衝撃

バランスをとらん人生全体で今からここからライフとワーク

広瀬川ゆきげの水の躍るときさびしからずや水底の石

村捨てる教育なりしか帰り来ず進学組も就職組も

茂吉越えし猿羽根峠の朝あけに出羽富士の雪そまりゆく見ゆ

鳥海山

無所属の自由楽しむ自己流に鳴くうぐいすの声に和ぎつつ

にんげんの巣ごもる昼を晴れ晴れと郭公来鳴く五月の森に

ほんとうの自分を生きていますかとほととぎす鳴く夕ぐれのとき

山刀伐《なたぎり》に猿羽根、主寝坂《しゅねざか》ふるさとを囲む峠は深緑の中

百寿の歌友

真、心、信、辛抱の辛はるかなり橋田壽賀子の昭和の「おしん」

選者らの指紋気になる三千のゆりの花咲く投稿の山

朝日歌壇　官製はがき絵柄

近ごろの人に見かけぬ威厳あり六羽したがえゆく親鴨は

父となりし息子に酒を贈られてしずかに満つる父の日の夜

みちのくの転勤の日日いま活きて妻に振る舞う蕎麦打つわれは

夕食の用意ができたと妻を呼ぶ会社人間卒業し今

人生はまだこれからと励まさる鳩寿《きゅうじゅ》の歌友百寿の歌友

月の峰讃える校歌消えゆくか母校統合決まるふるさと

山形県立新庄北高校

入選を祝うＬＩＮＥ《ライン》は二十二時幼な子ふたり寝かせし娘《こ》より

朝日歌壇

改札口に孫抱きしめる景を見ず疫禍ながびく八月の駅

ＪＲ仙台駅

四世代同居のにぎわい遥かなり兄ひとり住むふるさとの家

法要にきょうだい三人《みたり》そろうとき互《かた》みの声は父母のこえ

広辞苑で鰥夫《やもお》の意味を調べたとさびしげに言う郷里の兄は

組織とは厳しきものか雁の群《むれ》空をゆくときV字崩さず

兵たりし日を語らずに逝きし父一生《ひとよ》憎みき命令の二字

旅立ちの後さき知らず秋の夜は秋刀魚《さんま》を焼きて妻としたしむ

遥かなる祖父の心を想いおり幼き孫と将棋さすとき

秋茱萸の実

駅名に山の字入る駅八つ秋の山ゆく仙山線は

父方から母方までは徒歩十歩　秋風やさしふるさとの墓

竹山《ちくざん》のじょんがら節に旅想う津軽のりんご紅く生《な》る頃
高橋竹山

雪ちかき岩手の山の木洩れ日につややかに光《て》る秋茱萸《ぐみ》の実は
岩手県　網張温泉

雪ちかき山刀伐《なたぎり》峠もみじして松尾芭蕉の知らぬ華やぎ

亡き母の遺影に埃たまる見ゆこの世の日日の過ぐる迅《はや》しも

もきっつぁんと今も親しむ人の居て紅葉ちりしく聴禽書屋《ちょうきんしょおく》

月山のいただき白くかがやけば雪囲い急《せ》くふるさと人《びと》は

黄に熟るるかりんを持てばふるさとのわが稚《いとけな》き秋かおりたつ

遥かなる女子高生に還るらし秋の夜長にギター弾く妻

名のとおり生きよと父は名づけしかわが身修めることの難《かた》しも

しあわせのハードル低くなりしこと歳を重ねて身につきし幸

しぐれ来てさわだつ峡《かい》の音したし妻と安らぐ山の湯宿に

ほんとうの愛は見返りを求めずと説きて逝きたり寂聴さんは

故瀬戸内寂聴氏

山ふかく熊は眠るか雪ふぶく阿仁《あに》のマタギの里のしずけさ

秋田内陸縦貫鉄道

わが髪を切る妻の腕上がりたりはや二年過ぐ疫禍の日日は

いまだ見ぬわれを探しに本の森今日も分け入る赤ペン持ちて

十三　二〇二二年

癖ある木

昇進のごとく年功序列なし社友の会の訃報メールは

癖ある木は癖を活かせと就職のわれに教えき林業の祖父は

東京の繁栄の底を築いたと誇り語りき出稼ぎ人《びと》は

結弦愛つづる乙女の絵馬ふえて北京五輪のまぢかき睦月

大崎八幡宮

ふるさとの町報に国の未来みる出生二名、逝去十名

人類をしずかに照らす月あかり終末時計は残り百秒

しあわせになるのに値しますかと柏手打てば狛犬が問う

祖母生《あ》れし川前《かわまえ》村を抱くごとく雪を浮かべてゆく最上川

大石田町

マスクのまま立ち話して卒業の子ら去りがたき春の夕ぐれ

長かった勤めの日日も人生の予選なりしか長寿社会は

「おしょうしな」の訛りやさしき春の旅車両ひとつの米坂線に

欲望に溺れる苦さたっぷりと学びき「笑ゥせぇるすまん」に

故藤子不二雄A氏

雪どけの音にするどき耳持ちき雪ふかき地に生きしわが母

お互いに飽きぬ一、二があればよし最後まで聴く耳を持つとか

ミシュランの星

加藤登紀子のロシアの抒情聴く夕べ民は平和を愛するものを

ハルゼミの声は夏より閑《しず》かにて芭蕉の知らぬ山寺の季《とき》

コロナ禍に三年会わぬ孫の手のあたたかきかな伊勢の旅路に

三重県　伊勢神宮

功もなく名も成さざれど孫と来て山のいで湯に語り合う幸

三重県　湯の山温泉

ミシュランの星はなけれど山の湯の孫と一緒の夕餉のうまさ

シベリアより息子が生きて還りしを最良の日と言いしわが祖母

百一歳の日日も歌作をつづけしと喪主はゆたけき一生《ひとよ》語れり

故原田夏子氏

いつしかに見守るだけで口にせず結婚しない子を持つ友は

さわやかに南部風鈴鳴りひびく大谷翔平育てし町に
岩手県奥州市水沢

甲子園に響く凱歌の青葉城一〇〇年開《あ》かぬ扉がひらく
仙台育英学園高校優勝

ふり向けば不要不急のことばかりダイヤのごとくかがやきし日は

歌ありて神保町《じんぼうちょう》に語らいしかの人人の忘れがたしも

学士会短歌会

かなかなの声が亡き父つれて来てビール二本目注ぐ夕ぐれ

仏壇に葭《よし》の欄間を手づくりし新盆を待つ独りの兄は

『若菜集』に初めて会いし青春の杜の都の高山書店
島崎藤村

医師よりも絵描きになりたかったとう茂吉描く絵の石の妖しさ

医学部に進めと愛はエゴに似る北杜夫への茂吉の手紙

高梁《たかはし》のピオーネ食めばフーテンの寅の旅せし町かおりたつ

岡山県高梁市

可憐なる花はママコノシリヌグイ人が呼ぶ名に花は関せず

産みしこと悔やみて逝きし人なしと千人看取りし医師は語りき

薔薇の時間

ありがとうの心こもりてあたたかし「おしょうしな」とう米沢言葉

みずからの生きた証を子らに見て安らかなりし臨終の母

人恋うはかなしきものか目の前になくては惹かれありて移ろう

月山の秋の小さき吐息きく山の木通《あけび》の腹をわるとき

茂吉詠む蔵王の歌のあたたかし蔵王に語りかけるごとくに

自由なるノマド羨《と》もしとふるさとの墓守り人の兄がつぶやく

大根の汁で新蕎麦すするとき至福と思う山形の秋

姉の住む天領大山《おおやま》ゆたかなり酒蔵四軒、百寿者数多《あまた》

山形県鶴岡市

吊り柿は蔵王颪《おろし》に粉を吹きてやがて雪来ん茂吉の里に

斎藤茂吉記念館　没後七〇周年茂吉忌合同歌会

ガーデニングに花木となるか暮るるまで薔薇の時間を生きるわが妻

かけ放題の電話ながびく遠き友ひと恋しきか定年の後

夕ぐれを誘《いざな》うごとく雁がゆく会いたき人は会えるうちにと

からっぽの心となりて日一日うたを詠みゆく初冬の旅に

ＪＲ根室本線

オオワシの衝突告げて処理にゆく花咲線の若き運転士

徐行して別寒辺牛の枯れ野ゆく花咲線は初冬のひかり

雪ふぶく宗谷岬の怒濤聞くかくも近きか隣国ロシア

北海道稚内市

学習誌の選者の批評うれしくて五十年過ぐわが歌の道

十四　二〇二三年

人生の旬

年賀状のみの縁《えにし》となりし旧友《とも》かれにも我はジーパンのまま

干し柿を送れば届く釜炒り茶ゆたけき土佐の香のかおりたつ

高知県いの町

風評の歳月耐えて香りたつ松川浦の旬のアオサは

福島県相馬市

人生の旬はいくども来ると知る社友会誌の賀寿者コメント

歳かさねなお咲かせたき花思う夏川りみの「花」を聴くとき

もどり来ぬ震災前の仙石線《せんせき》しおかぜ入りし早春の車窓《まど》

JR仙石線

「がんばっていれば結果はでるのかな」と十三歳の棋聖ほほ笑む

仲邑菫女流棋聖

旧暦で古雛飾るふるさとのくぢら餅とう亡き母の味

亡き母のいのちのつづき孫に見る笑みかける目に見覚えありて

少子化の今を見ている十一人育てしという曾祖母の遺影

地下鉄の中で会釈を交わしおり名の出ぬことをともに秘めつつ

われ知らず他人《ひと》も知らないわが未知の窓を開けたし五月の風に

母植えしすずらんの花揺れるときなつかしき風立つと思いき

しあわせに生きているかとふるさとの風が頬撫《な》づ母の命日

ライラックの花がきれいと札幌の街なじみゆく転校の孫は

ふり向けばわが人生のベストテンすべてだれかの助けのおかげ

拙なれどわれの一生《ひとよ》の最高の一つにせんと歌集編みゆく

跋

――ふるさとを戀うる詩《うた》――

岡本　勝

本書は、仙台在住の歌人沼沢修氏（以下では親しみを込めて君づけで呼ばせていただく）の第二歌集である。「あとがき」によれば、本集は自選の四四〇首の短歌作品から成る。沼沢君はこれまで第一歌集『若葉光る日』（砂子屋書房　二〇一〇年刊）および歌書『茂吉歌碑を訪ねて』（現代短歌社　二〇一八年刊）を世に問うてきた。

沼沢修君は、正真正銘の「みちのくびと」である。一九五四年に山形県最上郡舟形町に生まれ、一九七三年に山形県立新庄北高等学校を卒業した。そして一九七八年に東北大学法学部を卒業し、損害保険会社に勤務した。短歌はすでに高校生の頃から作り始め（同君の歌〈偶《たま》さかに「高１コース」に載りしこと遥かな歌の道の始まり〉）、一九八二年から新聞歌壇に投稿を始め、二〇〇一年に伝統ある学士会短歌会に入会し、二〇二三年度から学士会短歌会代表委員を、さらに、地元では宮城県歌人協会事務局長を務めている。沼沢君のこれまでの人生行路が、彼の作歌それ自体に名実ともに影響を与えていることは言うまでもない。本歌集の中核を占める歌群は旅行詠と家族詠であると思うが、それを評する前に、ここでは先ず仕事をめぐる歌について瞥見しておきたい。

・通勤の五キロの道を歩きつつ歌ひとつ詠みこころ鎮めり
・企業戦士の悲哀に似るか篝火に鮎追う鵜らの頸締める縄
・単身赴任十三年を耐えました褒美に妻と旅をしてます
・辞めてなお過去の役職つけて呼ぶさびしからずや男どうしは
・職分に勤しむ長き日日過ぎて自由楽しむ心の盛り
・歌ありて長き勤めを乗り越えき辞めて後なお詠むは楽しも

仕事に関連するこれらの作品からは、仕事の能力を十分に持ちながらも、仕事一辺倒の「企業戦士」にはなり切れなかった「人間」沼沢修の実像が垣間見える。厳しい会社生活の中で、家族との情愛に満ちた絆と歌への静かな情熱が、彼の魂の救いであったに相違ない。とくに若い頃から醸成された歌への思いが、彼が短歌に一心に真向かう必然性を齎したと言うべきであろう。

沼沢君が、斎藤茂吉が生まれた山形県と同郷であった（茂吉は上山市金瓶）ことも忘れてはなるまい。彼の歌人茂吉への帰依、歌人茂吉への畏敬・敬慕の念には並々ならぬものがある。

・あかあかと灯《ひ》ともるごとく柿熟れて茂吉の里にしぐれ降り来る

・吊り柿は蔵王颪《おろし》に粉を吹きてやがて雪来ん茂吉の里に

・上山《かみのやま》の城にさくらの咲きみちて茂吉の歌碑は花あかりせり

・「氷糖《ひょうとう》」と茂吉の詠みしみちのくの鳥海山《ちょうかい》光る青田の彼方

・茂吉歌碑百五十基を巡りゆくその風光を吾《わ》も詠まんとて

柿がたわわに実り、軒端に干し柿が吊るされる風景は、東北人が郷愁を感じる原風景である。周囲には蔵王をはじめとして奥羽山脈の山々が聳え、茂吉も沼沢君も同じ風土に育った。茂吉への傾倒・心酔は当然のことであったろう。かかる茂吉への思慕が、茂吉の足跡を辿って日本全国に足を運んで著された、余人には成し遂げられないであろう重厚な労作・歌書『茂吉歌碑を訪ねて』を生み出すことになった。

而して、旅行詠の多いことが本集の特色のひとつとなっている。それは東北（みちのく）に関するものに限られず、全国各地に及んでいる。

・音たてて山の胡桃に降るしぐれ旅の湯宿に聞けばさびしも
・太宰府の光明禅寺の青葉かぜ旅人われに涼やかに吹く
・船頭のゆりかごのうたやさしくてどんこ舟ゆく柳川の秋
・別寒辺牛《べかんべうし》の凍原をゆく花咲線ひとつ車両が霧に溶けゆく
・ときどきは行方不明の時を持つ流氷を見るひとりの旅に
・問われれば旅の詩人と答えたし肩書捨てしひとりの旅に
・ゆく雲の自由を見ればこころ楽したとえわたしが雲でなくとも

これらの旅行詠は、旅情ただよう漂泊の思いに溢れ、個性的で味わい深い地名や寺名、風物などが効果的に詠み込まれている。

しかし、沼沢君はやはり「みちのくびと」である（第一歌集『若葉光る日』では〈東京に働く日日の長びけど東北人を脱ぎ捨てられず〉と詠っている）。本歌集には東北を巡る歌や「ふるさと」山形に関わる歌が何と多いことか。

・みちのくの潟沼《かたぬま》のみず蒼く澄み秋の雲ゆく空を映せり
・栗拾うわれに怒りて猿の声するどく響く二口峠《ふたくちとうげ》

・みちのくの吹雪を纏うこまち号生《しょう》あるもののごとき貌《かお》せり
・津波にて逝きし御霊か暮れなずむ浄土ヶ浜《じょうどがはま》に鳴くひぐらしは
・秋ふかみ芋煮る鍋の匂いたつ馬見ヶ崎川《まみがさきがわ》しらべやさしき
・西馬音内《にしもない》の亡者踊りの妖しくてこころ彷徨《さまよ》うかがり火の夜
・晩翠の天地有情《うじょう》の碑を染めてひかり秋づく仙台の街

これらの歌群においても、独特で味わい深い地名や風物などが、対象への深い思い入れをもって織り込まれている。沼沢君の、とくに「みちのく」への思いは優しく深い。しかも、歌の内容は多彩で美しい。啄木にとって「ふるさとの山」は岩手山だったが、沼沢君にとってそれは月山と鳥海山であると言ってよい。そこで次には、とくに「ふるさと」の山河を恋うる歌を掲げよう。

・ふるさとに向かう車窓に白銀《しろがね》の月山みればこころ躍るも
・月山のいただき白くかがやけば雪囲い急《せ》くふるさと人《びと》は
・月山の秋の小さき吐息きく山の木通《あけび》の腹をわるとき
・孤高とはかくのごときか夕ぐれて彩雲にたつ鳥海の山

・秋はやき鳥海の山かおりたつ刈屋《かりや》の里の梨を食むとき
・さわさわと鮎のひれ音瀬にたちて釣り糸光る夏小国川
・一斉に雁飛び立てば音絶えて雪にしずもる冬最上川
・狸森《むじなもり》、猿羽根《さばね》峠に鼠沢《ねずみざわ》もみじうつくしみちのくは秋
・山刀伐《なたぎり》に猿羽根、主寝坂《しゅねざか》ふるさとを囲む峠は深緑の中
・芭蕉越えし猿羽根《さばね》峠のやまざくら残雪ほそる谿に散りゆく
・父方から母方までは徒歩十歩　秋風やさしふるさとの墓

ふるさとの山河や佇まいは、沼沢君にとってたまらなく懐かしく慕わしい存在であったのだろう。それは、ふるさとの地名などが事細かに詠み込まれていることを見れば明らかである。『若葉光る日』には〈念中に芭蕉をもちて越えゆきし茂吉を想う猿羽根峠《さばねとうげ》に〉という歌があるが、ふるさとの猿羽根峠は芭蕉と茂吉と沼沢修とを結ぶ峠でもあった。また、孤高に聳え立ち、水張田に雄大な山容を映す鳥海山はとくに沼沢君憧れの山であったと思われる。

然はあれど、沼沢君にとって「ふるさと」を象徴する存在はふるさとの山河

や風物に尽きない。「ふるさと」を象徴する掛替えのない存在。それは、自分を産み育て、故里で自分を待っていてくれる愛すべき「母」の姿であった。

・ふるさとに小さくなりしわが母は雪に濡れつつ吾《わ》を待ちたまう

・われを産みし記憶は永久《とわ》に身にあらん臥すわが母の見つめ返す目

・早苗田のさきに鳥海うつくしき死にゆく母の手にぎる窓辺

・雪道に濡れつつわれを待ちし母想えば母がふる里なりき

・蕨《わらび》たたき、紫蘇《しそ》巻き、笹巻き忘れえずわれを育てし亡き母の味

茂吉も詠った「死にゆく垂乳根の母」。右に掲げた歌には一首一首に「母」に対する万感の思いが籠っていて感動的であり、深い共感を覚える。わが身に照らしても「母」というものは何と慕わしい偉大なる存在であることか。

家族を愛してやまない、家族への情愛・絆を強く心に抱く沼沢君であるが、「妻」を詠った歌も、しあわせ感と優しい思いやりに満ち溢れている。

・退職の後の上司は妻なりと心を込めてコーヒー淹れぬ

・素のままのわれで居られるパートナー生きてこの世にいるという幸

・一緒ではない時間がともにゆたかにすヨガへ行く妻うたを詠むわれ
・プライバシーに触れてないかとさりげなく投稿歌見る歌詠まぬ妻は
・みちのくの童となりて春の野にふきのとう採るわれとわが妻
・夕食の用意ができたと妻を呼ぶ会社人間卒業し今

沼沢君がいかに愛妻家であるかが窺える歌群であり、妻は勿論のこと、公私において何びとをも裏切らない誠実で誠意溢れる彼の人柄が顕ち上がってくる。

父や息子や娘などを詠んだ歌にも見るべきものがある。

・父逝きてさびしきこころ包むがにふる里に雪しんしんと降る
・兵たりし日を語らずに逝きし父一生《ひとよ》憎みき命令の二字
・かなかなの声が亡き父つれて来てビール二本目注ぐ夕ぐれ
・癖ある木は癖を活かせと就職のわれに教えき林業の祖父は
・嫁となる人を息子は連れて来ぬさくら若葉の木洩れ日の中
・母となる娘と庭に憩うとき　ほのかに匂う花桃の花

・母となりし娘と妻はあたらしき楽章に入る会話はずみて
・入選を祝うＬＩＮＥ《ライン》は二十二時幼な子ふたり寝かせし娘《こ》より
これらの歌には家族に対する温かで情愛に満ちた眼差しが感じられ、息子として、父親として、家庭人として理想的な人物像が浮かび上がる。愛する家族に囲まれてご本人が一番おしあわせなのかも知れない。

以上、旅行詠や家族詠を中心に引用してきたが、その他にも、人間《じんかん》の事象を詠んだ社会詠や時事詠にも秀歌が見出される。
・愛する人に受動の害を与えても止《や》められないか煙草吸う君
・憶良おらば何と詠みけん宝なる子ら虐待に死にゆく今を
・津波来て万余のいのち逝きし夜の月むごきまで被災地照らせり
・イケメンで性格よくて浮気せぬ金持ち募集の絵馬にたじろぐ
・造成を逃れて来しかヤマカガシ狭庭の薔薇の花かげを這う
・暁に殻脱ぎすてし蟬ひとつ世に出るものの身ぶるいを見す
このように、世情に対して批判的な詠み口の歌においても、彼の人柄を反映して、過度にシニカルな歌や嗜虐的な歌は殆ど見当たらず、真摯で清廉な人間性の滲む歌が圧倒的に多い。中にはユーモアただよう歌も散見されるのである。

最後に、本歌集にかける彼の覚悟と矜持を詠んだ一首を掲げて拙文を締め括りたい。

・拙なれどわれの一生《ひとよ》の最高の一つにせんと歌集編みゆく

「あとがき」によると、「人生の節目である古稀の年に、自分の分身とも言うべき本書」の出版を思い立ち、自らの「魂の断片として詠んだ歌をまとめた」という。歌は作者の魂の断片であり、歌集は作者の分身であると私も思う。そして、本集は、沼沢修の魂の断片を蒐めた沼沢修の分身たり得る歌集である。歌材の切り取り方もよく、表現も詩的であり、歌全体に詩情がある。また、一首一首の歌の構成も、韻律も良く端正で整っており、熟考を経て丹念に推敲を重ねたと思われるものばかりである。その意味において本歌集は、沼沢修の短歌作品の粋を集めた、細やかな神経の張り巡らされた大いなる成果を示すものであると評することができる。前掲の歌にあるように、沼沢修の「一生の最高の一つ」たり得るものと言うべきであろう。詩的情感と深い味わいを湛えた本歌集が、多くの人の目に触れることを願ってやまない。

令和五年六月二十二日（東北大学創立記念日）

あとがき

本書は、二〇一〇年刊行の『若葉光る日』に続く私の第二歌集です。人生の節目である古稀（数え年）の年に、自分の分身とも言うべき本書を出版できることをうれしく思います。

本書は、二〇一〇年から二〇二三年までに詠んだ拙歌の中から四四〇首を自選し、ほぼ時系列に収めました。

この間を振り返ると、東日本大震災、コロナ禍、ウクライナ侵攻など現代社会に大きな影響を及ぼす世界規模の激変が数多く起こりました。個人的には、子三人の結婚、会社退職、父母の逝去、少年期の夢だった茂吉歌碑巡りとその旅行記の出版、孫六人の誕生と成長など様々な出来事がありました。本書は、ささやかでもかけがえのない人生の折々に、私の魂の断片として詠んだ歌をまとめたものです。

転勤が多い会社生活を送って来た私は、結社に所属せず特定の指導者もいませんが、高校生の頃に始めた短歌を心の支えとして詠み続けてきました。還暦を過ぎた二〇一五年から、朝日歌壇に投稿し、時折拾ってくださる選者の先生方に深く感謝しつつ励みにしてきました。その中から以下に数首書かせていただきます。

火葬場に母を焼く音しずかにて母の一生《ひとよ》を想う百分

この歌は、二〇一八年、馬場あき子さん、高野公彦さんの両氏に採歌されました。馬場さんに、「第一首の沈思の時間は深いものだろう。哀歓こもごもの思い出の背後の火葬音が残酷だ」と評していただきました。私の拙歌を愛してくれた母への供養が少しはできたのではと馬場さんに感謝しています。

スペイン風邪を病みていのちを愛《いと》しみし茂吉を想うウィルスの禍に

この歌は、永田和宏さん、馬場あき子さんの両氏に採歌されました。永田さんに、「約百年前のスペイン風邪では世界人口が一八億の時代に五億人以上が感染。長崎時代の茂吉も罹《かか》った。茂吉を詠い続ける沼沢さんはこのコロナ禍にも茂吉を。」と評していただきました。この歌は、二〇二〇年の年間秀歌（永田さん選）にも選ばれました。高校時代からの茂吉ファンとしてうれしく思いました。

語り合う青春を見ずひっそりと蛇が横切るキャンパスの森

この歌は、佐佐木幸綱さんに採歌されました。佐佐木さんに、「第一首、学生が一人もいない広々としたキャンパス。夏空の下、姿をあらわした蛇が深い静かさを伝える。」と評していただきました。この歌も二〇二〇年の年間秀歌（佐佐木さん選）に選ばれました。佐佐木さんは、「沼沢作は、キャンパスの森から学生が消えてしまった静かさをうたって斬新です。コロナ騒ぎの年ならではと感心しました。」と選評され、私を励ましていただきました。

私は、東京に単身赴任していた二〇〇一年に同好会である学士会短歌会に入会し、歌友と歌作の楽しみを分かち合ってきました。近年は、学士会短歌会の大先輩である原田夏子さん（二〇二二年に百一歳で逝去）のご助言で入会させていただいた宮城県歌人協会、宮城県芸術協会の発表の場にも拙歌を提出しています。これからの与生も、「これを好む者はこれを楽しむ者に如かず」の精神で短歌のマイウェイを歩み続けたいと思います。

なお、本書の書名は、馬場あき子さん、永田和宏さんの両氏に採歌された次の一首から採って『秋のひかり』としました。

羽根ひろげ秋のひかりに落つるときおのずから光《て》る科《しな》の木の実は

本書に、宮城県歌人協会会長を永年務められ、母校の東北大学名誉教授（法学部）でもある岡本勝先生より、真に過分な跋文を賜ったことは身に余る光栄と存じます。

最後に、本書の出版に理解を示し、私を支えてくれている妻に感謝します。そして、本書を亡き父母に捧げます。末筆ながら、出版にあたって多大なお世話をいただいた現代短歌社の真野少さんに厚くお礼申し上げます。

二〇二三年（令和五年）七月

沼沢　修

著者略歴

沼沢　修（ぬまざわ　おさむ）

1954年　山形県に生まれる。
2001年　学士会短歌会に入会し現在に至る。
2010年　第一歌集『若葉光る日』（砂子屋書房）
2018年　歌書『茂吉歌碑を訪ねて』（現代短歌社）
2020年　宮城県短歌賞
2021年　宮城県芸術祭文芸賞・県知事賞

現在、宮城県芸術協会、宮城県歌人協会、斎藤茂吉記念館友の会各会員

歌集　秋のひかり

二〇二三年九月七日　第一刷発行

著　者　沼沢　修
発行人　真野　少
発行所　現代短歌社
〒六〇四-八二一二
京都市中京区六角町三五七-四
三本木書院内
電話　〇七五-二五六-八八七二

装　訂　田宮俊和
印　刷　亜細亜印刷
定　価　二九七〇円（税込）

ISBN978-4-86534-430-1 C0092 ¥2700E